Hildegundes Sage

Von Paul Riedel

Hildegundes Sage

basierend auf einer deutschen
Volkssage

von

Paul Riedel

www.paul-riedel.de

Printed in Germany

Erste Auflage 2020

Bibliografische Information der Deutschen Nationalbibliothek:
Die Deutsche Nationalbibliothek verzeichnet diese Publikation in der
Deutschen Nationalbibliografie; detaillierte bibliografische Daten sind
im Internet über dnb.dnb.de abrufbar.

© 2020 Paul Riedel

Umschlag: © Paul Riedel, München 2020
Lektorat: Beatrix Osterkamp

Herstellung und Verlag
BoD – Books on Demand, Norderstedt

ISBN: 978-3-7526-0624-9

Vorwort

Sagen haben die Literatur inspiriert und Autoren ange-
spornt, ihre Kreativität zu entfalten. Doch Kreativität
ist auch ein fruchtbarer Boden, auf dem Kritik an der
Führung der Gesellschaft wächst. Daher haben sich die
Mächtigen immer vor unerwünschten Vorstellungen
geschützt.

Vom Original des mittelhochdeutschen Versepos
[1]Walther und Hildegund sind Fragmente zweier Hand-
schriften erhalten, deren Entstehung eindeutig in der
1. Hälfte des 13. Jahrhunderts angegeben wird. Als
Entstehungsort zwischen Ungarn und Frankreich wird
die Steiermark vermutet. Die Fragmente, die sich im
Steiermärkischen Landesarchiv befinden, stammen
von verschiedenen unbekannten Schreibern.

Gedichtet wurde das Epos eventuell schon um
1220. Verfasst wurde es in der sogenannten „Walther-
Hildegund-Strophe", die ein Abkömmling der Nibelun-
genstrophe ist.

---

[1] Das Epos gehört zu den Erzählungen um den Hunnenkönig Attila
aus der mittelhochdeutschen Sage.

Frauenrecht, die Anerkennung von LGBT-Personen, Fremden und anderen Minderheiten, die die Existenzberechtigung eines zu mächtigen Kreises infrage stellten, wurden bekämpft. Daher setzte ich in meiner Mission darauf, dies auszugleichen.

Im Original dieser Sage blieb Hildegunde nur ein Platz im Hintergrund. Ihr blieb kaum ein Dialog und noch weniger wurde ihr eine Meinung erlaubt. Helden mussten westeuropäische Männer sein und ohne Zweifel alle Katholiken und fromm. Die arme Hildegunde wurde nur als Jungfrau geduldet, obwohl der damalige Autor ihr weit mehr zuschrieb.

Als ich das Konzept für meine Version erstellte, wollte ich diese Versäumnisse korrigieren und am Ende der Geschichte eine neue Wendung geben, die der Klugheit Hildegundes nach meinem Empfinden entspricht.

Ein Paradoxon in den Sagen ist, obwohl viele vom Helden getötet werden, bleibt dieser im Auge der Kirche oder des Gottes ein vom Autor angepriesener Held, obwohl das Töten als Kapitalsünde definiert ist.

Ich habe einige Frauen interviewt und deren Motivation für manche Beziehungen erfragt, damit der von mir vorgestellten Frau ein aktuelles Bild der Gesellschaft des 21. Jhd. entspricht.

Damit sich die Geschichte weiterhin am Original orientiert, musste ich daher Ort, Grundablauf und Personen den Vorgaben entsprechend anpassen.

Das Ergebnis wird den Leser in einen Traum führen, der seine Fantasie sicherlich beflügelt.

Ich bin Hildegunde

Ich habe mir das Leben wirklich anders vorgestellt als das Horrorszenario, vor dem ich mich mit meinen achtzehn Jahren befand. Ich versuchte das Chaos, das meine Freunde und Verwandten ausrichteten, zu lösen, und diese Aufgabe war nicht leicht.

Ich heiße Hildegunde. Ein vormals vielversprechendes rothaariges Mädchen aus Franken. Noch zierlich, aber weder mein Vater noch meine Mutter waren adrett, daher bin ich mir bewusst, dass meine tolle Figur in einigen Jahren nur eine Erinnerung ist.

Sollten Sie Franken nicht kennen, erkläre ich, dass dies ein Bezirk des Freistaats Bayern ist. Ziemlich im

Norden Bayerns. Mein Vater war wirtschaftlich recht gut gestellt. Beste Nachbarn, wenn auch etwas weit entfernt, aber immer noch gute Freunde waren aus Burgund im Zentrum Frankreichs und andere, die wir Westgoten nannten.

Nicht alle Geschäfte in unserem Familienkreis waren ... nun ja, ordentlich.

Wir alle schauten mit Respekt auf das Haus der Ungarn, die wir als Hunnen bezeichneten. Mein Patenonkel Etzel[2] und seine Frau Helche hatten keine Kinder, daher nahmen sie von jeder Familie ein Kind zur Erziehung auf.

Dies verband die Häuser, und insgeheim schauten wir alle auf das Erbe von Onkel Etzel, aber er war auch vor allem ein netter Mensch. Gibbich von Burgund bot seinen Ziehsohn Hagen anstelle seines eigenen Sohns Günther als Ersatz an. Dieser Akt war ein Pakt des Friedens zwischen den Familien. Er sollte die Beziehungen zwischen den Familien festigen und klar, Etzel und Helche wollten einen Nachfolger.

Mein Vater Herrich und unser Nachbar Albher waren auf das Vorgehen von Gibbich etwas neidisch und

---

[2] Etzel ist der deutsche Name von Attila dem Hunnenkönig.

wollten ebenfalls zum Glück von Etzel und Helche bei-
tragen. So wurden Walther, Sohn von Albher, und
auch ich zum Haus von Onkel Etzel entsandt.

Wir genossen viele Jahre Luxus und Vorzüge eines
reichen Onkels. Doch in jedem Paradies gibt es eine
Schlange, und in meinem Fall hieß die Schlange Gier.

Jungs und ihre Ideen

Das Handy summte und eine Nachricht
wurde angekündigt. Hagen hatte eine athletische
Statur, sein dunkles Haar trug er hochgebunden. Er
sah maskulin aus, aber von dieser Art Mann, die
Frauen anschauen, aber gerne von sich fernhalten.

Eine meiner Freundinnen erzählte, dass sie
ihren Freund als Projekt sah. Sie versuchte, ihn zu
verbessern, und setzte höhere Ziele, als er je erreichen könnte. Die Frau, die irgendwann Hagen be-
kommt, wird auch ein großes Projekt haben.

Hagen entsperrte geschickt mit den Dau-
men den Monitor und las interessiert Günthers Meldung. Hagen und Günther verbrachten viele

Urlaube zusammen, und beide verband etwas mehr als eine Freundschaft.

Etwas Unerwartetes stand in der Meldung, dies konnte ich aus der Ferne an Hagens Augen erkennen.

Hagen und Walther arbeiteten als Body-guards bei Onkel Etzel, und ich habe mich meistens mit Tante Helche um die Finanzen gekümmert. Hagen war nicht sonderlich intelligent und konnte außer Autofahren und sich Prügeln kaum etwas Brauchbares leisten.

Das Geschäft zwischen den Familien lief gut, und wir waren finanziell alle bestens versorgt.

Ich hegte seit Beginn unserer Pubertät Interesse für Walther. Er sah bereits mit fünfzehn extrem gut aus. Blondes gelocktes Haar, breite Schultern und kernige, aber zarte Hände. Er tanzte gerne, und ich konnte ihn mir als Bodygard kaum vorstellen. Er war elegant, zart, und wenn er tanzte, konnte man die Augen nicht von ihm lassen. Walther trug seit seinem zwanzigsten Geburtstag einen Mantel mit edlen Nieten, höchstpersönlich von Wieland dem Schmied selbst angefertigt.

„Was soll ein Mädchen sich mehr wünschen?", dachte ich jedes Mal, wenn ich ihn ansah.

Leider ist kein Mann perfekt, und die christliche Erziehung verdarb teilweise seinen Charakter.

Ich versuchte, ihn diskret zu bezirzen, aber er war zu fromm und schien kaum meine Signale zu deuten. Unsere Familien wünschten einst, dass wir heirateten. Auf eine arrangierte Ehe hatte ich absolut keinen Bock, aber er war süß, und ich kannte nicht viele andere verfügbare Jungs.

Das ganze Problem begann, als Hagen sich zu wichtig machte und mich und Walther anlässlich der SMS in ein Geheimnis einweihte.

„Hey, Onkel Gibbich ist gestorben", sagte er mit weit aufgerissenen Augen. Ehrlich, er sah dümmer aus, als man sich vorstellen kann, und ich hätte erwartet, dass er uns vorschlagen würde, zum Begräbnis zu gehen oder Ähnliches.

„Ich mochte ihn sehr", sagte Walther leicht wehleidig.

Zugegeben, Onkel Gibbich war etwas naiv, aber er hatte ein gutes Herz. Viel Geld hatte er nicht, und wir alle wussten, dass alles, was er besaß, insgeheim aus verschiedenen unkonventionellen Quellen stammte. In der Familie sprach niemand viel über Geld und Geschäfte, aber ich war für die Finanzen im Haus zuständig, und Tante Helche warnte mich immer vor den sensiblen Themen.

„Männer mögen nicht, dass man sie exponiert. Wir tun so, als würden wir glauben, dass alles korrekt ist und sie das Geschäft leiten", sagte Tante Helche mit erhobenen Augenbrauen und zwinkerte mir immer bedeutungsvoll zu.

„Wir sollten zu seiner Beerdigung fahren. Weiß Tante Helche davon?", fragte ich.

„Nein. Günther wollte es nicht publik machen. Er will mich als rechte Hand in seinem Motorradclan haben." Hagen führte ein breiteres Grinsen als ein Esel vor. Das sollte seine Männlichkeit unterstreichen. Günther war auch nicht die hellste Kerze auf der Torte und Hagen ebenso wenig, daher waren sie wie füreinander geschaffen.

Ich sollte auch erwähnen, dass Günther seit einigen Jahren diverse zwielichtige Figuren begleiteten. Alle besaßen schöne Motorräder und versammelten sich gerne, um gegen Onkel Etzel zu hetzen.

„Das ist ja super", applaudierte mein naiver Walther. Fast fiel mir die Kinnlade runter.

„Wozu soll Tante Helche nicht erfahren, dass Onkel Gibbich gestorben ist?", fragte ich, aber beide Männer schienen mich nicht zu beachten.

„Onkel Etzel wird nicht akzeptieren, dass du abhaust", warnte Walther.

„Ja und? Günther hat vor, mit seinen Männern der Beziehung ein Ende zu setzen. Er meint, auch ohne Onkel Etzels Hilfe kann er die Geschäfte erfolgreich führen", konterte Hagen frech.

„Onkel kann dich enterben. Das weißt du", sagte Walther finster.

„Wir alle sind hier bei Onkel Etzel wegen seinem Erbe. Wenn er stirbt, wird all das hier zwischen uns geteilt. Wozu sollst du zu Günther gehen? Lass davon ab." Walther vergewisserte sich, dass sie niemand hörte.

„Günther hat mit mir telefoniert und erzählt, dass er die Geschäfte im Süden übernehmen und nichts mehr an Onkel Etzel abgeben wird. Wenn das passiert, bin ich sowieso aus dem Erbenkreis raus, und er schmeißt mich aus dem Haus. Onkel Etzel ist jähzornig und altmodisch. Ich glaube auch, dass ihr beide aus dem Haus geworfen werdet. Oder denkt ihr, dass Eure Eltern eine bessere Beziehung zu Onkel Etzel haben?" Hagen konnte intrigieren wie kein anderer. "Zugegeben, wenn eine Bande hier auftaucht und das Haus überfällt, sind wir nicht gerade bestens vorbereitet."

Hagens Nachricht war nicht gut. Tatsächlich haben sich Günther und Onkel Etzel nie gut verstanden, und er hat immer angedeutet, dass die

Beziehung zwischen den Häusern ein Ende haben werde, wenn er die Geschäfte seines Vaters übernähme. Die Vetternwirtschaft der alten Generation kam zu ihrem Ende, und ich war nicht mehr sicher. Auf Günther einzureden war nutzlos, und solange Tante Helche auch nichts davon wusste, konnten wir überlegen, wie wir die Situation lösen sollten.

„Wirst du weggehen?", fragte ich.

„Was sollen wir sonst machen? Günther mag Onkel Etzel nicht, und um ihm eins auszuwischen, wird er mich mindestens zurückschicken. Daher muss ich das Angebot von Günther akzeptieren." War nicht so falsch, was er dachte, aber sollte Walther und mich nicht betreffen, doch Jungs unter sich darf man nie unterschätzen.

„Wir lassen dich nicht allein. Wir fahren mit dir von hier weg", sagte der treue Walther.

Gibbich war ein langjähriger Freund und Mitbewerber von Onkel Etzel. Aber wie der Spruch sagt: „Halte deine Freunde nah und deine Feinde näher." Es war zu erwarten, dass Günther als Muttersöhnchen an Größenwahn leiden würde. Er fuhr das neueste Auto und trank die teuersten Drinks. Alles auf Pump und sein Vater tigerte von einem Haufen Schulden zum nächsten. Die Lieferkonditionen, die er mit Onkel Etzel vereinbarte, waren nicht schlecht, aber Gibbich war kein Geschäftsmann, und Günther wollte alles für sich behalten.

Günther sollte in zwanzig Tagen seine Entscheidung mitteilen. Ohne Verhandlung und ohne Widerrede.

Die Geschäfte zwischen unseren Familien basierten auf vielen Traditionen und Werten, die für meine Generation absolut nicht mehr nachvollziehbar waren, aber wir genossen eine gute Erziehung bei Onkel Etzel und Tante Helche. Leider schien es so, als ob nur ich diese Ansicht vertrat.

Tante Helche lehrte mich Buchführung und den Umgang mit den Geschäften, während die Männer sich den ganzen Tag gegenseitig anhimmelten.

„Wer ist der Stärkste?", war der Anfang.

„Wer kann am meisten trinken?", folgte zweifellos meistens.

„Wer hat diese oder jene Frau ins Bett gebracht?", kam bestimmt zum Abschluss.

Es war denen egal, dass auch diese Frauen mit all diesen Männern möglicherweise ihren Spaß hatten. Sie ignorierten Frauen. Es war so, als würde die Welt nur aus Männern bestehen, und Frauen wären eine Verzierung, die dort putzt und aufräumt, wo die Herren ihre Spuren hinterlassen.

Ich möchte nicht nur nörgeln, aber es war mir klar, dass meine Ziehbrüder Walther und Hagen meine Arbeit als selbstverständlich hinnahmen, und meine Zukunftsaussichten bestanden aus heiraten, Kinder bekommen und alt und schrumpelig als Witwe eines Mitglieds der Truppe zu sterben.

Unser Geheimgespräch verlief mit weiteren Verschwörungstheorien und Vorahnungen von Macht und Ruhm für beide Jungs.

Ich musste etwas unternehmen. Etwas für meine Zukunft, in der ich nicht mehr von anderen abhängig sein wollte.

Männertreue

Am Ende des Nachmittags kamen Onkel Etzels Männer nach Hause. Ich konnte das Lachen der Gruppe vom Arbeitszimmer hören. Hagen war am lautesten, und seine Witze waren ebenso erbärmlich wie sein aufgesetztes Lachen.

„Ich bin sicher, sie hat mindestens zehnmal die Nummer angerufen, bis sie verstand, dass ich ihr eine falsche Telefonnummer gegeben habe", grollte er und rundete seine Behauptung mit einem theatralischen Lachen ab. Dabei watschelte er mit seinem Hintern wie eine Ente. Eine Beschreibung des weiteren Benehmens erspare ich mir, mit einem Wort: widerlich.

Ich glaubte ihm nicht, aber keiner der anderen Männer war an meiner Meinung interessiert. Sie gingen zur Veranda und saßen um Onkel Etzel herum. Nur Walther blieb am Eingang und kam in meine Richtung.

Naiv und etwas zu wenig selbstsicher nahm ich an, er würde mir ein Kompliment machen. Es war einer dieser Tage, an denen man sich besonders sorgfältig anzieht und hofft, beachtet zu werden, sogar mein Zopf war mit einigen Feldblumen verziert.

„Wir müssen uns unterhalten", sagte Walther und zog mich hinter sich her. Ein kurzer Herzensrausch überkam mich, und ich dachte, es wäre endlich der Moment gekommen, dass er mich um ein Date bitten wollte. Ich fiel fast zweimal beim Gehen und war etwas aufgeregt. Ich prüfte kurz mit der freien Hand, ob mein Haar saß und überlegte, wie ich unnahbar wirken sollte. Ich wollte nicht, dass er mich als ein gewöhnliches Mädchen ansieht. Hinter uns lachten alle noch über Hagens idiotische Fantasien.

„Haltet alle mal die Klappe", schrie Tante Helche vom Arbeitszimmer.

Wir kamen an die Garage, und ich dachte mir, dass dies absolut kein romantischer Ort für das erhoffte Gespräch wäre. Walther schaute links und rechts, und als er sicher war, dass keiner uns hören konnte, drehte er sich zu mir. Ich gab ihm meine Hände und wartete auf den richtigen Moment zum Schmollen und Überraschttun.

„Hagen wird uns heute Abend verlassen", flüsterte Walther. Meine Hände lagen noch in der Luft, als ich merkte, dass ich die Lage eventuell falsch einschätzte. Er schaute auf meine Hände und blickte unsicher zu mir.

„Draußen", sagte ich.

„Was meinst du?" Walthers Gesicht war so unschuldig. Einerseits konnte ich ihn küssen, aber andererseits hätte ich ihn gerne geohrfeigt.

„Schau mal draußen, ob uns keiner hört." Das war die einzige Begründung für meine hoffenden Hände, die mir einfiel. Ich zog sie dann zurück und schaute interessiert, was er mir mitzuteilen hatte.

„Er hat mir erzählt, dass Günther nicht wie sein Vater mit Onkel Etzel arbeiten wird, und er will sich heute Abend ohne Abschied von Onkel Etzel auf den Weg zu Günther machen. Er meinte, dass Günther hier demnächst auftaucht und mit seiner Bande alles mitnehmen wird, von dem er meint, es gehöre ihm." Ich schaute ihn ausdruckslos an.

„Warum macht er denn sowas?"

„Hagen meint, wenn Günther aus dem Bund aussteigt, wird Onkel ihn aus dem Haus werfen. Er ist hier nur, weil Etzel und Gibbich gute Freunde waren." Er schaute mich hilfesuchend an.

Zugegeben, Hagen war nicht unersetzbar, und besonders klug war er auch nicht. Wenn Günther diese unüberlegte Handlung vorhatte, musste Hagen sich wirklich über seine Situation Gedanken machen. Tante Helche bat ihren Mann öfters, Hagen zurück nach Burgund zu senden.

Er hatte mehrere Probleme verursacht, Alkohol, Prügeleien. Und er hatte vor niemandem Respekt.

„Gut, ich kann mir nicht vorstellen, dass Onkel Etzel oder Tante Helche ihm eine Träne nachweinen werden." Walther war nicht beeindruckt von meiner Bemerkung.

„Hast du nicht bedacht, dass auch wir unseren Luxus hier verlieren werden?", sagte er mit Überzeugung.

Ich muss zugeben, dass ich sehr selten logisch handelte, wenn er mit mir sprach. Er kam mir beim Sprechen näher, so dass ich die Wärme seines Atems spüren konnte.

„Aber wir verlassen Onkel Etzel nicht", erklärte ich und konnte seine Logik nicht nachvollziehen.

„Wenn Günther sich weigert, im Bund zu bleiben, wird Onkel denken, dass auch wir uns weigern könnten. Es wird sich hier vieles ändern, wenn Günthers unüberlegte Handlung bekannt wird. Onkel Etzel ist immer sehr emotional, und Helche sieht uns nur als Spesen. Sie wäre froh, wenn wir alle hier weg wären." Walther legte seine Hand an meine Schulter, und ich lies mich davon mitreißen.

„Es ist etwas dran an dem, was du sagst. Was sollen wir tun? Sollten wir Hagen davon abhalten?"

„Ausgeschlossen. Er zieht wie immer seine Clown-Nummer, bis alle müde sind, und er meinte, er verlässt das Haus um Mitternacht. Wir haben nicht viel Zeit."

Meine Hoffnung verflog, dass Walther mich heute auf ein Date einladen würde, und ich überlegte, dass der Widerstand von Günther uns allen wirklich in eine Lage versetzen würde, die auch gefährlich sein könnte. Onkel Etzel hatte nicht nur eine gute Seite. Er war jähzornig, und viele, die ihm in der Vergangenheit die Stirn boten, waren plötzlich nicht mehr aufzufinden.

„Wir sollten auch von hier abhauen, bevor sie über Günthers Absichten aufgeklärt werden", sagte Walther finster.

„Wie sollen wir das anstellen? Ohne Geld?", versuchte ich ihm klarzumachen.

„Ich habe eine Idee. Wir veranstalten eine Party." Walther lächelte so unwiderstehlich, und ich lies mich auf seine dumme Idee ein.

Flucht aus dem Paradies

Ich wachte am nächsten Tag vom Lärm im Wohnzimmer auf.

„Hagen hat nur einen Zettel auf der Kommode hinterlassen. Er enthielt so viele grammatische Fehler, dass man seine schlechte Handschrift ignorierte. Gibbich hätte sich schämen sollen, so ein ungebildetes Balg zu uns zu senden. Sein Sohn Günther hätte mehr unser Niveau gehabt. Wenn du mit ihm telefonierst, kannst du ihm bestellen, dass er nicht wieder hierher kommen soll", schrie Onkel Etzel und wedelte mit Hagens Zettel in der Hand herum.

Ich entschied mich, nicht ins Wohnzimmer zu gehen, und horchte unbemerkt von der Treppe.

„Du sollst auf Walther aufpassen. Sonst ist er auch weg", bemerkte Tante Helche.

„Und was soll ich machen, wenn wir alt geworden sind und unsere Patenkindern revoltieren? Es wird ihm leidtun. Das verspreche ich dir. Undankbarer Mistkerl." Onkel Etzel klang absolut enttäuscht.

„Wie wäre es, wenn wir Walther mit einem Mädchen aus unserer Familie zusammenbringen? Er ist reif für eine Hochzeit, und die würde ihn mehr an uns binden. Ohne Kinder, wer soll diese Firma leiten, wenn wir nicht mehr können?", sagte Tante Helche, während sie eine Finanzzeitung mit ihrer Lesebrille las.

‚Was ist mit mir?', überlegte ich.

Mir wurde klar, dortzubleiben bedeutete, Walther einer anderen Frau zu überlassen. Tante

Helche war sehr autoritär, und wenn sie sich auf eine Idee fixierte, konnte sie keiner davon abbringen, diese umzusetzen. Ich wusste vor allem, dass Tante Helches Nichten die Kandidatinnen waren, die sie in Erwägung zog. Durch die Vermählung hätte sie nicht nur Kontrolle über Walther und sein Erbe, sondern auch über die laufenden Geschäfte seines Vaters Albher. Mir wurde beim Horchen des Gesprächs auch klar, dass sie mich kaum beachteten.

Sie waren zwar von Hagens Weggehen enttäuscht und hinsichtlich eines möglichen Ausbrechens Walthers besorgt, aber ich war eine selbstverständliche Komponente.

Ich lief rückwärts und leise die Treppe hinauf. Oben klopfte ich an Walthers Schlafzimmertür.

„Oh Mann! Wie spät ist es denn? Warum weckst du mich?", sagte er zwischen gähnen und sich kratzen.

Die Jungs bei uns waren hinsichtlich ihres Benehmens nicht gerade das, was man als ‚feine Sahne' bezeichnen würde, aber bei Walther sah das niedlich aus.

Ich schob ihn in sein Zimmer zurück und gab ihm ein Zeichen, leise zu sein.

„Was ist? Ist Hagen weg?"

„Ja. Ich hörte, wie Onkel sich aufregte. Er ist wirklich sauer", erklärte ich.

„Hagen ist charismatisch. Ich bin sicher, dass Onkel ihn mag. Aber warum bist du hergekommen?" Walther wühlte in seiner alten Wäsche auf der Suche nach etwas zum Anziehen. Er sah in seinen Boxer-Shorts wirklich süß aus.

„Tante Helche hat über dich auch gesprochen." Ich weiß, es ist nicht nett zu intrigieren. Jedoch ihn an eine andere abzugeben, stand nicht auf meiner Liste der guten Taten.

„Hat sie wieder das Thema Heiraten angesprochen? Sie will mich mit der ältesten ihrer Nichten zusammenbringen." Walther zog eine Hose an, und ich blickte auf seine stark behaarte Brust.

„Es wurde mir klar, wenn du dich weigerst, wird sie dich auch rauswerfen. Ich denke, wir sollten auch von hier fliehen." Ich schaute, wie er auf diese Idee reagierte. Er schien mir zuzustimmen.

„Ohne Geld? Wie sollen wir über fünfhundert Kilometer reisen? Günther wird hier auch alles mitnehmen, hat mir Hagen erzählt. Es sind fast zwanzig Männer in seiner Bande. Sie sind angeblich sehr gefährlich." Er zog ein rotes Hemd an, das etwas gammelig roch.

„Geld ist nicht das Problem. Ich kenne die Kombination des Safes. Das Geld der Familien ist noch nicht zur Bank gegangen, und Tante Helche wird dieses Geld auch nie zur Bank bringen. Du weißt auch warum." Ich drückte ein Auge zu und versuchte zu zwinkern, aber ich glaube, es ist mir nicht gelungen. Walther schaute immer noch unsicher.

„Wie willst du das Geld aus dem Safe nehmen? Sie verreisen nie, und die anderen sind immer in der Nähe. Das weiß übrigens auch Günther", sagte Walther, während er seine Schuhe anzog.

„Wir veranstalten eine Abschiedsparty für Hagen und Onkel Gibbich. Wenn alle betrunken einschlafen, können wir das Geld nehmen und abhauen. Wenn alles nach meiner Vorstellung läuft, bis sie aufwachen, sind wir längst weg. Polizei wird es nicht geben, weil dieses Geld nicht legal ist. Tante Helche ist nicht blöd, und ich weiß, wie sie arbeitet. Wir müssen es nur von hier bis zum Bahnhof schaffen." Ich stand auf und schaute durchs Fenster und sah, wie Onkel Etzel den anderen Jungs Befehle erteilte.

„Das wird kein Problem sein. Ich habe die Schlüssel der Autos. Wir nehmen Löwe", sagte Walther, begeistert von meiner Idee.

„Onkel liebt sein Auto." Löwe war der Name des Autos.

„Ich habe es auf meinen Namen zugelassen. Er kann nichts dagegen tun. Wir verschwinden. Ich will keine dieser Harpyien heiraten."

Es war alles perfekt und unsere Flucht aus dem Paradies sauber geplant.

Ein Saufgelage

„Das ist eine tolle Idee, Hildegunde", sagte Tante Helche und nickte mehrfach, als sie die Gästeliste überprüfte. Ich stimmte stets alles mit Tante Helche ab. Von ihr lernte ich immer etwas Neues.

„Ich habe alle angerufen. Ich denke, damit kann Onkel mit der Situation abschließen. Er mochte Gibbich sehr und wird Hagen bestimmt vermissen. Es wird wie eine Abschiedsparty, nur ohne Ehrengäste." Als ich das sagte, rollte Helche mit den Augen.

„Bitte verstehe mich nicht falsch, aber Hagen vermisse ich nicht. Seine Macho-Sprüche, schlechtes Benehmen, mangelhafte Körperhygiene und die Kosten, die er verursacht hat, übertreffen sogar meine Geduld." Helche zog ihre Lesebrille zurecht. Sie hatte mindestens um die zehn Stück im Haus verteilt und suchte immer wieder nach einer.

Ich glaube nicht, dass Tante Helche Geduld hatte, aber wenn sie meinte, ich wäre die Letzte, die ihr widersprechen würde.

Bis auf Onkel Etzel waren alle wegen meiner Party aufgeregt. Ich überlegte, wie verräterisch es wirken würde, wenn man am nächsten Tag einen leeren Safe und zwei weitere Ausbrecher feststellen würde. Ich kam mir etwas mies vor. Ich konnte Tante Helche kaum in die Augen schauen und mied längere Gespräche, da ich befürchtete, in Tränen auszubrechen.

Die Gäste kamen wie geplant ab fünf Uhr. Es waren nicht viele, nur eine kleine Gesellschaft mit zwanzig Personen. Ich packte eine Tasche mit meinen Sachen und versteckte diese in meinem Schrank. Ich wies Walther an, dies ebenso zu tun. Aus Tante Helches Vorrat holte ich Schlafmittel. Sie hatte so viele Medikamente, dass die zwei Dosen, die ich entnahm, ihr niemals auffallen würden.

Jeder der Gäste wurde mit Sekt empfangen, und an jeden Kelch tropfte ich etwas Sirup, damit der Alkohol umso schneller wirken würde.

Onkel Etzel saß mürrisch und deprimiert in seinem Sessel am Swimmingpool.

„Walther. Bring Onkel etwas zu trinken. Setz dich neben ihn und sorg dafür, dass er trinkt." Ohne Fragen zu stellen, führte er meine Anordnung aus.

Um sechs verteilte ich Weißwein in reichlicher Menge, und schon warf sich eine von Tante Helches drei Nichten in den Pool. Offensichtlich wollte sie die Aufmerksamkeit von Walther erwecken, aber sie könnte ihn mit einem Hammer bearbeiten, er würde es kaum merken.

Als ich sah, wie die Schlampe aus dem Wasser kam und ihr nasses Kleid an der Haut klebte, stieß ich einen Schrei aus.

„Du hast keine Unterwäsche!"

Sie lachte, als hätte sie dies zufällig vergessen. Ich hätte gerne ihren Kopf unter Wasser gehalten. Als sie in Richtung Walther schlängelte, kam ich ihr zuvor.

„Walther, geh mal ins Wohnzimmer und schau, ob der Rotwein vorbereitet ist." Er folgte wie immer ohne Widerrede.

Ich warf ihr einen missbilligenden Blick zu.

„Gut gekontert, Schätzchen. Aber die Nacht ist jung", lächelte sie.

‚Freundlich bleiben', mahnte ich mich.

Alle lächelten, und ich fühlte mich ertappt, als ich Tante Helche anschaute. Ich versuchte, meine Gefühle zu verbergen und servierte weiter allen Gästen.

Ich drehte die Heizung etwas höher und sorgte für mehr Salz auf den Appetizern.

Um zehn Uhr abends waren alle bereits so voll, dass ich befürchtete, bald einen Krankenwagen bestellen zu müssen.

Die zusätzliche Aufgabe, Helches Nichte von Walther fernzuhalten, klappte.

Ich schaltete das Heimkino an, und alle saßen in Sofas, Sesseln und einige am Boden vor der Leinwand. Etwas Schlafmittel im Punch wirkte, und ich befahl Walther, die Decken zu verteilen.

Als alle schliefen, kam Walther mit unseren Taschen herunter, und ich holte in einer anderen Tasche den Inhalt des Safes.

„Jetzt sind wir Diebe", sagte ich leicht beschämt.

„Das ist jetzt egal. Schnell, wir müssen zur Garage", flüsterte er. Er trug seinen edlen Mantel und war beim Gehen so lautlos wie ein Schatten.

Ich schaltete das Heimkino aus und vergewisserte mich, dass alle Gäste schliefen. Die

Schlafmittel waren leicht und würden keinem schaden.

Wir schlichen uns davon und suchten im Dunkel der Nacht Löwe.

„Gib mir das Geld. Wenn etwas passiert, kann ich das Geld besser verteidigen als du", sagte Walther als Beschützer der Magd.

„Du denkst, ich kann mich nicht verteidigen? Pass lieber auf, dass du fahren kannst und bau keinen Mist", antwortete ich ziemlich schroff.

„Was denkst du, werden sie machen, wenn sie aufwachen und den Diebstahl entdecken?" In Walthers Gesicht war Angst zu erkennen. Ich hätte ihn gern umarmt und getröstet, aber das wäre etwas zu viel gewesen. Ich hatte nicht einmal den Eindruck, dass er mich als Frau oder gar Mädchen wahrnahm.

Es funktionierte alles wie geplant, und Löwe schnurrte wie ein Kätzchen.

Das Auto war kalt, und ich fühlte mich unbequem. Lieber wäre ich zu Hause geblieben, auf meinem flauschigen Bett mit einer kuscheligen Doppeldecke und einem riesigen Kopfkissen.

Walthers letzte Bemerkung machte mir eine Tatsache klar: Er unterschätzte mich und war mehr an dem Geld interessiert als an mir.

‚Was hatte ich mir angetan?‘, fragte ich mich.

Reise ins Ungewissen

Wir fuhren vierzehn Tage bis Worms im Zentrum Deutschlands. Eine kleinere Stadt, aber in der Nähe von Maison Burgund. Ich hörte, dass Gibbich aus einer alten Familie aus Burgund stammte, also nannte er sein Haus Maison Burgund.

Probleme mit dem Auto und das ständige Telefonieren zwischen Walther und Hagen besorgten mich.

„Wir sind hier zu zweit, Walther. Ich weiß nicht, was du mit Hagen ausmachst, und nach vierzehn Tage sind Onkel Etzels Männer uns bestimmt auf der Spur“, mahnte ich ihn.

„Wir sind fast dort. Heute Nachmittag kommen wir an, aber es sind einige Probleme aufgetreten. Darum musste ich etwas rumfahren“, sagte Walther zögerlich.

„Was denn? Rede. Ich kann nicht raten, und momentan habe ich keine Lust dazu. Was ist passiert?“, wollte ich wissen.

„Der Typ, der uns mit der Fähre über den Fluss gebracht hat, hat Günther gemeldet, dass wir mit Löwe unterwegs sind. Sie kennen sich, und er sucht nach uns, weil Etzel und Helche bestimmt überall bereits gemeldet haben, dass wir mit deren Auto geflohen sind." Leichte Schweißperlen bildeten sich auf seiner Stirn, er zeigte einige Anzeichen von Stress.

„Ich verspreche, dass ich nicht ausrasten werde, aber was hat Hagen gemacht?" Ich wusste, dass Hagen irgendeinen Mist gebaut hatte, und er wollte dies so lange wie möglich vor mir verstecken. Ich ahnte dies bereits vor einigen Tagen, als er zwei getrennte Zimmer buchte, und ich dachte, er will sich nicht an mir vergreifen. Jetzt merkte ich, er hatte kein Interesse an mir gehabt, aber er vermied, mir ins Gesicht zu schauen.

„Hagen war mit Günter beim Essen, als er das Telefonat mit dem Kapitän der Fähre hatte. Ich hatte eventuell etwas zu viel mit dem Mann geredet, und er hat mitbekommen, dass wir auf der Flucht sind. Es war nur ein kurzes Gespräch. Ich weiß nicht, wie es rüberkam." Alles, was ich bis dahin an Walther niedlich fand, verflog. Ich sah mich in einem Riesenloch, an dem ich mitgegraben hatte

und überlegte, wie wir dort heil herauskommen sollten.

„Was ist dann weiter passiert?" Ich war nicht
freundlich. Die Lage war viel zu ernst, und Onkel
Etzel würde uns ohne Gnade umbringen lassen,
aber erst, wenn er das Geld gefunden hätte.

„Günther hörte heraus, dass wir viel Geld
bei uns hatten, und er braucht Geld, um seine Männer zu bezahlen." Walther lief rot an und schaute
zu Boden.

„Du dämliches Aas", schrie ich.

„Eh! Reg dich ab. Es war ein Spitzel von
Günther. Ich kann nichts dafür", entschuldigte er
sich.

„Wir müssen von hier verschwinden",
schlug ich vor.

„Wir sind alle Kumpels. Günther wird keinen
Mist bauen." Ich sah wieder diesen ehrlichen Blick,
den ich so sehr an ihm liebte, aber dabei stellte ich
fest, dass er wirklich naiv war.

Der Mann, den ich liebte

Wir saßen im Auto, und ich versuchte zu überlegen, wohin wir fahren sollten. Ich vertraute weder Günther noch Hagen. Insbesondere Hagen nicht. Er redete mehr als jedes Waschweib aus italienischen Dramen.

„Wir müssen das Geld verstecken", war mein erster Gedanke, den ich laut aussprach.

„Ich hoffe, dass du weißt, wenn wir mit so viel Geld in eine Bank reinkommen, werden sie uns fragen, woher das Geld kommt. Mit Schließfächern klappt das nur in Filmen. Fahren wir zu Hagen. Er versprach, mir dabei zu helfen." Walther versuchte, die Lage unter Kontrolle zu bekommen, aber zu sehr für meinen Geschmack.

„Ich habe das Geld gestohlen. Ich bestimme wo und wie viel. Was hast du mit Hagen auszuhandeln, ohne nach meiner Meinung zu fragen?" Die Frage war nur rhetorisch. Als Walther versuchte, eine Antwort zu formulieren, hob ich den Zeigefinger und brachte ich ihn zum Schweigen.

„Wir können auch nicht mit Löwe weiterfahren. Wenn Günther bereits einen Spitzel an der Fähre hatte, wird er auch andere haben, und das

Autokennzeichen ist zu auffällig." Das Kennzeichen war LÖWE, was kaum zu vergessen oder zu übersehen war.

„Gut. Aber wo sollen wir das Auto verstecken?" Walther war nervös, und ich spürte, dass er auch die Lage begriff. Hagen hatte mehrmals unvorsichtig Informationen ausgeplaudert, einer der mehreren Gründe, warum Tante Helche ihn nicht mochte.

„Nach vierzehn Tagen in diesem Auto brauche ich ein Bad und Ruhe. Wir parken das Auto in Worms auf einer Raststätte am Wald. Wir können von dort einen Zug nehmen und fahren dann nach Frankreich. Onkel Etzel wird uns verfolgen lassen, aber wir haben etwas Vorsprung. Bitte kein Wort mehr zu Hagen. Ich bin sicher, dass er uns noch in weitere Schwierigkeiten verwickeln kann", befahl ich.

„Ich weiß nicht, warum du ihn nicht magst. Er ist ein netter Kerl und sehr treu. Du kennst ihn auch. Sei nicht so gemein." Das brachte das Fass zum Überlaufen. Ich stahl das Geld, verzichtete auf meinen Luxus, um den Kerl zu begleiten, und er interessiert sich kaum für mich.

‚Mädel, du bist nicht zu retten.'

Der Dieb, der Gauner und der Feigling

Die unvermeidliche Begegnung mit Günther fand nahe Worms statt. Wir parkten Löwe auf einem Waldrastplatz und schleppten die beiden Koffer mit Geld und unseren Habseligkeiten aus dem Auto. Nachträglich kam mir dies nutzlos vor, aber wir wollten etwas ausspannen und das Geld nicht aus den Augen verlieren.

Wir saßen lange Zeit am Rastplatz, ohne miteinander zu reden. Das Gepäck war auch zu schwer, und wir rochen beide nach Schweiß.

Günther verfügte in der Region über ein gutes Netzwerk an Informanten, und eine rothaarige Frau und einen Muskelprotz mit vier Taschen zu identifizieren, erforderte nicht viel Geschicklichkeit von den Informanten.

Walther selbst verriet uns, als er eine SMS an Hagen schrieb, dass wir müde seien und in einem bekannten Schnellimbiss essen würden. Günther war nicht gut ausgestattet, und GPS[3] war für ihn ein Fremdwort ohne Bedeutung, jedoch der gemeinte Schnellimbiss war Hagen bekannt.

---

[3] Global positioning system

Unser Rastplatz lag am Wasgenwald in Richtung Vogesen. Walther war immer so elegant und bewegte sich so maskulin, dass ich ihn gerne beobachtete. Er setzte sich auf den Boden, rollte auf seinen Rücken und deckte sich mit seinem Ledermantel zu.

„Mädel, las uns hier kurz ausruhen. Ich bin müde und muss mich kurz erholen", sagte Walther machomäßig. Ja, das gefiel mir ganz und gar nicht. Ich war auch müde, und ‚Mädchen', konnte er sich wirklich sparen. Aber ich entschied, ruhig zu bleiben.

„Halte Wache, aber wecke mich nicht zu rasch, wenn sich jemand nähert." Kaum waren die Worte aus seinem Mund, schlossen sich seine Augen, und ein süßes Schnarchen folgte. Die Warnung, ihn nicht zu rasch zu wecken, war ernst. Hagen bekam mindestens zweimal ein blaues Auge wegen seiner Scherze. Walther war bekannt für seine unkontrollierten Reaktionen beim Aufwachen.

Packesel und Dienstmagd waren meine Rollen in dieser Männerwelt. Das passte mir wirklich nicht, und trotz meiner Bewunderung für den großen Mann mit der behaarten Brust, bekam ich das Gefühl, dass alle Vorzüge, die ich sah, nur meinen Träumen entstammten.

Kaum waren wir eine Stunde dort, als ich unten im Tal vier Autos sah. Wasgenwald liegt westlich von Straßburg und ist fast unbekannt, daher war ich so überrascht, jemanden zu sehen, dass ich die Gefahr der Situation verkannte. Trotzdem weckte ich Walther auf.

„Hast du etwas gesehen?"

„Ja. Zwei Autos und ein Schwarm Motorräder fahren die Berge hinauf", berichtete ich leicht eingeschnappt. Mir gefiel Walthers Naivität, als er sich die Rolle des Bosses zutraute.

„Wenn das, wie ich vermute, Onkel Etzels Bande ist, ziehe ich lieber vor, mich umzubringen, als von denen vergewaltigt zu werden." Es war wirklich mein Ernst.

„Ich werde dich beschützen und jeden umbringen, der es wagt, dich zu bedrohen." Das war das erste Mal, das Walther sich wirklich um meine Sicherheit besorgt anhörte und fast, als wäre er mein Retter. Er verstand mich als junges Mädchen, und ich fand das nett.

„Das war nur so ein Spruch. Ich kann mich auch verteidigen", sagte ich kleinlaut.

Die Autos parkten am Eingang des Rastplatzes, und die Motorräder umkreisten theatralisch Günthers Auto. Sie stiegen selbstbewusst aus den Autos.

„Es sind nicht die Hunnen von Onkel Etzel. Es sind Burgunder, die hier am Rhein leben und sich Nibelungen nennen und klar, mein Freund Hagen." Freude und Sehnsucht zeigten sich in seinem Gesicht.

„Was für eine Freude, euch hier zu treffen", begrüßte Günther uns, als er aus dem Auto stieg.

Weit und breit keine Seele und wir waren müde und nicht auf Ärger vorbereitet. Tante Helche und Onkel Etzel hatten uns mehrere SMS mit Drohungen gesendet, und wenn sie uns erwischten, stand uns nichts Gutes bevor. Aber hier vor Günther und seinen Männern war die Situation nicht weniger gefährlich. Nur Walther schien meine Sorge nicht zu teilen.

„Sie haben tatsächlich Etzel ausgeraubt", sagte Gamelo, der älteste von Günthers Männern. Offensichtlich auch sein größter Schleimer.

Walther schaute überrascht und gleichzeitig traurig zu Hagen. Er glaubte nicht an den Verrat, den ich zuvor angedeutet hatte. Wir ließen unser

Gepäck zu Boden fallen. Ich zog alle Taschen zu einem Busch hinter uns.

„Geht Eures Weges und überlasst uns die Beute. Wir wollen euch nichts antun", quiekte ein haariger Mann, namens Helmnot. Ich habe seinen Namen später erfahren.

„Hagen, was hast du uns angetan?", sagte Walther, und eine Träne rollte seine Wange hinunter. Dieser Moment erweckte in mir wieder Gefühle, die ich in dem Moment wirklich nicht brauchte.

„Walther, sei vernünftig. Du bringst nichts anderes als das Geld, was mein Vater Etzel als Zoll zahlte. Das gehörte Etzel nicht und dir ebenso wenig", sagte Günther laut.

„Es war nicht meine Absicht. Günther, müssen wir so handeln?", fragte Hagen. Mir war klar, dass Hagen prahlte, wie sein Freund Walther etwas Tolles gemacht hat, und bestimmt log er, indem er den Plan und die Details als seine Werke ausgab.

Ich war überrascht, als ich sah, wie Walther seinen langen Mantel anzog und eine Hand hinter sich steckte.

„Tu das nicht", rief Hagen.

„Was will er?", fragte Günther.

„Sachte, Günther, Walther ist der beste Kämpfer, den ich kenne. Ich werde mich mit ihm nicht anlegen, und ich warne dich, wenn einer dumm genug ist, sich mit ihm anzulegen, riskiert dieser sein Leben." Hagens Worte veranlassten alle, kurz zu zögern. Ich hatte keine Ahnung, dass Walther kämpfen konnte. Ich sah ihn ständig trainieren, tanzen und jonglieren, aber kämpfen sah ich ihn nie zuvor.

Wieder war ich nur die Hintergrundfigur, die keiner beachtete. Jedoch hatte ich keinen Bock, mich mit diesen Männern zu prügeln.

„Günther, lass mich die Taschen holen, und hauen wir ab. Ich habe heute mehr vor", sagte einer von Günthers Männern und warf sich dabei in die Brust. Was ist denn das für ein Attribut?

„Letzte Chance, Walther. Denke an Hildegunde. Wenn du Widerstand leistest, kann dies für sie sehr unangenehm werden. Meine Männer haben schon lange keinen Spaß mehr gehabt. Los, Gamelo. Zeig, was du kannst", drohte Günther.

Das Ende der vier Grauen

Der Nachmittag fing mit Nieselregen an. In der Ferne sah ich, wie dickere Wolken eine regnerische Nacht ankündigten. Walther schaute fragend zu mir.

„Keine Rückzieher. Zeig, was du kannst", ermutigte ich Walther.

Gamelo fuhr uns auf einem alten Motorrad entgegen und ballte drohend seine Faust zu Walther. Der Motor war laut, und die Rauchschwaden hinter ihm waren so dicht, dass ich dachte, er würde ersticken, bevor er zu uns hochkam.

„Überlass das mir, Boss. Ich werde ihm Vernunft einprügeln, so dass er selbst um Frieden bettelt." Gamelos Manöver war vorsichtig und weniger sicher als seine Worte. Etwas holprig fuhr er eine Acht mit dem Motorrad. Keineswegs beeindruckend.

„Wer bist du, dass du dich so sehr brüstest? Ich ging jung von meiner Familie zu Etzel und Helche. Ich möchte keinem etwas zu Leide tun, aber wenn du unvorsichtig bist, sei gewarnt, dass es dein letzter Fehler sein wird", drohte Walther.

Hagen senkte seinen Kopf und ging leise hinter die Bande. Er lief so rot an, dass ich aus der Ferne seine Farbe wahrnahm.

„Gib uns die Taschen und das Mädchen, und wir lassen dich in Frieden gehen." Der alte Mann um die fünfzig war sehr von sich überzeugt, aber wieder sprachen sie von mir, als wäre ich nur eine Stute, deren Preis man verhandelt.

„Du redest sehr viel, Mann. Jedoch mir etwas zu versprechen, was du nicht hast, begeistert mich nicht. Weder das Mädchen, noch unsere Taschen wirst du je erreichen. Dein Boss ist kein Boss, aber ein armseliger Mann, der bald alles verliert und eine Konfrontation mit dem Hause Etzels und Helches nicht überleben wird. Zurück." Walther wurde zum Titanen, und sein ernster Blick ließ keinen Zweifel an seinen Absichten.

„Hagen, du bist ein Feigling wie dein Vater Aldrian. Geh hin und schlag ihn zusammen. Ich will die Taschen", befahl Günther.

Wäre Günther eine Frau, hätte man ihn als Zicke bezeichnet.

„Geh selbst hin. Ich werde sehen, was ihr veranstaltet." Hagen saß auf dem roten Auto, die Federung gab verstimmte Laute von sich.

Gamelo holte ein Messer aus der Seitentasche und fuhr auf Walther los. Die Sonne funkelte auf der Klinge am Ende seines rechten Arms.

„Händige die Beute aus, oder ich hole mir alles, nachdem ich dich getötet habe", drohte er abermals.

„Ich schulde Günther nichts. Wieso verlangt er dann von mir Geld?"

Blitzschnell warf Gamelo sein Messer auf Walther. Vor meinen Augen lief alles wie in einem Traum. Ich wollte schreien, aber die Laute erstickten mir in der Kehle. Walther sprang galant zur Seite, das Messer verfehlte sein Ziel und fiel zu Boden.

Gamelo machte sich daran, das andere Messer aus der rechten Seitentasche zu holen, als Walther eine Rückwärtsrolle schlug, Gamelos niedergefallenes Messer nahm und auf diesen warf. Es war nahezu eine Choreographie, die sich in nur wenigen Sekunden abspielte. Ich sah, wie das Messer in Gamelos Hand auf dem zweiten Messer verharrte und von Walthers Wurf getroffen wurde. Blut strömte aus seiner Hand, die an seiner Hüfte befestigt war. Alle anderen Männer erschraken vor Walthers Reaktion und gleichzeitig bewunderten sie ihn.

Der Schmerz zwang Gamelo zum Sprung vom Motorrad, was seine Körpermaße erschwerte.

Während die Kiefer der Gegenseite herunterklappten, sprang Walther auf seine Füße und in zwei großen Schritten Richtung Gamelo. Gamelos Motorrad fiel zu Boden und kreiste wild für einige Momente.

Wir konnten kaum sehen, wie Walther das zweite Messer aus Gamelos Hand nahm und ihm in den Bauch stach. Der Motor des Motorrads verabschiedete sich mit zwei Glucksern, bevor Gamelos Körper leblos zu Boden fiel.

Adrenalin schoss in mein Gehirn, und ich fürchtete, ich würde in Ohnmacht fallen. Ich hatte nie jemanden sterben sehen und wollte dies auch nie erleben, aber eine Ohnmacht konnte ich mir nicht leisten. Ich schnappte nach Luft, während Walther mit blutiger Hand Gamelos Messer nahm und einige Schritte rückwärtsging.

„Skaramud, räche deinen Onkel", befahl Günther.

Skaramud, ein etwas schmächtiger Junge neben Günther sah, wie sein Onkel mütterlicherseits zu Boden fiel. Wie sein Onkel trug er eine graue Kutte. Den Symbolen nach zu urteilen, gehörten seine eben verstorbenen Onkel und zwei weitere zum gleichen Club.

Ohne ein Wort zu sagen, zog Skaramud zwei Messern aus seinen Messertaschen und anders als sein Onkel lief er, anstatt zu fahren, in Walthers Richtung. Ich glaube, dass ich dabei geschrien habe, ich kann mich beim besten Willen nicht mehr erinnern. Es war alles so schnell. Er rannte die fünfzehn Meter so schnell, als wäre er geflogen.

„Deine Beute ist mir egal, aber den Tod meines Onkels wirst du büßen", sagte er, mit der linken Hand bereit für einen Messerwurf.

„Ich habe mich nur verteidigt. Wenn ich diesen Streit angefangen hätte, wäre mir lieber, das Messer hätte mich getroffen", entschuldigte sich Walther.

Kaum brachte Walther seinen Satz zu Ende, als beide Messer Skaramuds in seine Richtung flogen. Geschickt wich Walther dem ersten Messer aus, und mit der Rückenseite seines Mantels fing er das zweite Messer ab. Ich hörte das Flattern des festen Stoffs, als würde sein Mantel schreien. Wielands Nieten funkelten in der Sonne und klirrten stimmig zur Bewegung. Er schwebte so graziös, als würde er einen Tanz vorführen.

Eleganten berührten seine Füße kaum den Boden, und seine Hüften drehten sich mit einem unbeschreiblichen Geschick.

Ungeachtet Walthers erwiesener Überlegenheit lief Skaramud unerschrocken weiter auf ihn zu.

Die ersehnte Rache für seinen toten Onkel endete mit seinem eigenen Messer, das sich durch Walthers Wurf tief in seinen Hals bohrte.

Da lagen Neffe und Onkel nebeneinander. Ich sah dieses wilde Gemetzel erschrocken an. Zum Teil wollte ich protestieren, aber wenn Walther diese Männer nicht aufgehalten hätte, wäre ich diejenige, die am Boden liegen würde.

Ich hoffte, Günther würde seine Männer zurückrufen und dieser schrecklichen Begegnung ein Ende setzen, aber stattdessen gab er ein Zeichen an einen Mann aus seiner Truppe mit lockigem blondem Haar.

„Greife ihn wieder an, bevor er zu Atem kommt, bis er sich ergibt", sagte ein dritter Grauer, als er selbst voranschritt.

„Zeig es ihm, Eberhard", forderte Günther.

Eberhard war kein Messerwerfer, und durch seine Körpergröße war ebenfalls klar, dass er sich kaum mit Fäusten verteidigen würde. Er zog eine

Pistole unter seinen Armen hervor und schoss zweimal in unsere Richtung, als er sich auf seine Enduro setzte.

Ich versteckte mich hinter einer Parkbank und Walther, der schneller als ich reagierte, duckte sich nach links. Ich würde kein Ziel auf einem Motorrad treffen, Eberhard war auch nicht besser und blamierte sich. Er fuhr in unsere Richtung und kam gefährlich nahe.

„Lange wartete ich auf einen, der sich mit mir messen kann. Doch du hast versagt", sagte Walther kühn. Mit drei Sätzen erreichte er seinen Angreifer und entwaffnete ihn. Walther führte wieder einen überraschenden Tanz aus und am Ende seiner Pirouette hatte er die Waffe in seiner Hand und schoss Eberhard direkt zwischen die Augen.

„Keine Feuerwaffen. Wir wollen keine Aufmerksamkeit auf uns ziehen. Eckefried, räche deine Brüder", meckerte Günther.

Drei Leichen lagen fast nebeneinander, jedoch der arrogante Günther gab nicht nach.

Eckefried der Sachse war bekannt für einen Mord, den er in Sachsen begangen hatte. Er war der letzte der Grauen und schien nichts von der Niederlage seiner Freunde gelernt zu haben.

„Junge, du bist ohne Zweifel sehr gelenkig und schnell wie ein Kobold, aber du bist nicht unberührbar", grollte der dicke Mann. Er lachte, aber ich glaubte seinem Lachen nicht. Ich sah, wie die Angst in seinen Augen zum Vorschein kam.

Ich hätte lieber eine vernünftige Konversation gehabt, aber wie können Diebe, Mörder und Messerstecher sich vernünftig unterhalten? Ich erkannte, dass auch ich mich ändern musste, wenn ich die Situation überleben wollte.

„Wieso traust du dich nicht, mir näher zu kommen? Du kannst irgendwann in deiner Heimat erzählen, wie du einen Waldgeist im Wasgau bezwungen hast." Aus Walthers Augen sprach eine Kälte, die ich bisher an ihm nicht kannte und die mich zum Teil in Angst versetzte.

Eckefried lachte laut und trat vor.

„Das werden wir gleich beide besser wissen", kam drohend aus Eckefrieds Kehle. Entschlossen lief er bis zu den drei Leichen, als Walther sich zu Boden hockte und sein Haupt hob.

„Aufpassen!", rief Walther und drehte einen eleganten Salto. Am Ende der Drehung öffnete er seinen rechten Arm und warf das Messer, womit er zuvor Eberhard tötete.

Das Messer traf Eckefried in die Seite. Ein gutturales Japsen gab zu verstehen, dass seine Lunge getroffen war. Blut rann aus seinem Mund, und er sank auf die Knie.

Er starb, noch bevor sein Körper den Boden erreichte.

Gnadenlos und unerschrocken trat Walther heran und nahm sich die Waffe zurück. Wie ein Fuchs lief er zu seinem ursprünglichen Standort zurück.

Bleiche Gesichter um Günther zeigten, dass der Mut zu mehr Gewalt sank, und alle hofften, Günther würde nachgeben und dem allem ein Ende setzen.

Hell Riders Fahrt zur Hölle

„Gib mir einen größeren Anteil an der Beute und seinen Ledermantel, und ich erledige das für dich", sagte laut ein Jüngerer mit dunklen Haaren zu Günther.

„Haduwart, ich setze auf dich und die Hell Riders. Enttäusche mich nicht, und ich werde deinen Club belohnen", log Günther. Ich wusste ganz genau, dass Gibbichs Erbe niemals so viel hergeben könnte, dass diese Männer so viel riskieren würden. Jedoch mir war klar, dass Günther es auf Onkel Etzels Geld abgesehen hatte und von Anfang an bereits mit diesem rechnete.

Haduwart, wie er hieß, umfuhr langsam die Gegner und analysierte Walthers Bewegungen. Seine Augen konnte ich sogar aus der Ferne sehen. Das schönste Grün funkelte aus ihnen wie das Wasser des Rheins. Wären wir nicht im Streit, hätte ich Walther verschmäht.

„Schön, dass du entschlossen bist. Noch ein Trottel mit einer Waffe wäre mir zu langweilig", provozierte Walther.

„Du magst Messern und Kugeln ausweichen, aber mich wirst du nicht mit deiner List täuschen. Wenn du tot umfällst, werde ich deinen

Mantel übernehmen." Haduwart war von sich sehr überzeugt, und für einen Moment vergaß ich, dass wir in einer Auseinandersetzung waren und schaute seine muskulösen Beine unter den engen Jeans genauer an. Ich fühlte mich wirklich schlecht deswegen, aber eventuell geschah dies, weil ich nervös war.

„Mein Mantel hat bereits so viele Verletzungen ertragen, dass ich mich von ihm nicht mal nach dem Tod trennen werde." Walther bewegte langsam eine Hand unter dem Mantel.

Haduwart schob seine Hände unter seine Kutte und zog zwei an eine Kette gebundene Kugeln heraus. Er schwang eine davon in runden Bewegungen in der Luft und gab mit der linken Hand die angebundene Kette. Jedes Mal, wenn die Metallkugel die Luft schnitt, hörte ich, wie sie sich lauter und schneller bewegte.

Als Walthers Hände hinter seinem Rücken, hervorkamen, hielt er Shurikens. Dies sind japanische Wurfmesser. Ich war erschrocken über den Walther, der vor mir stand. Diesen Mann kannte ich überhaupt nicht. Zum Teil war er immer noch der Mann, den ich bewunderte, aber er war ebenfalls eine gefährliche Tötungsmaschine.

‚Mit wem hast du dich abgegeben, Mädel?‘, fragte ich mich.

Der Kampf begann mit einem Angriff Haduwarts. Eine Metallkugel erreichte fast Walthers Kopf. Haduwart verlor leicht die Kontrolle, und Walther traf sein Gesicht mit dem Fuß. Die Kugeln lösten sich aus seiner Hand und fielen neben einen Busch. Als Haduwart zu Boden sank, eilte Kämpe, einer aus Worms, ihm zu Hilfe.

Ich hoffte, es würden bald alle zur Besinnung kommen. Aber es war nicht so.

Kämpe war mit einem Baseballschläger bewaffnet und dachte, den Streit mit einem Schlag beenden zu können. Haduwart nutzte die Gelegenheit und sprang zu seinen Eisenbällen. Walther holte ihn auf dem Weg ein.

„Wo denkst du, dass du hingehst?" Walther übernahm Kämpes Baseballschläger so schnell, dass Kämpe noch in die Luft griff, als sein Schläger Haduwarts Kopf traf. Walther war zu aufgeregt, und die Hoffnung schwand, dass er seinen Blutrausch unverletzt zu Ende bringen könnte. Mit jedem weiteren Angriff wurden Günthers Männer jähzorniger, und der Streit eskalierte aufs Schlimmste. Bereits vier Männer am Boden. Schweißperlen rollten von Walthers Haaren herab, und sein Körper war an mehreren Stellen vom Blut seiner Angreifer bespritzt.

„Bitte, Patafried, lass das sein. Du kannst dich nicht mit Walther messen. Bist du lebensmüde?", mahnte Hagen seinen Neffen.

In der Zwischenzeit war Kämpe zum Auto zurückgekehrt und versuchte, den Tod seines Freunds zu verarbeiten.

„Ich habe keine Angst, Onkel", widersprach der Bengel und ging vor. Günther sah etwas ängstlich aus und schaute sich um. Hagen war weiterhin verlegen und sich bewusst, dass diese Konfrontation mit ihren Folgen nur daher kam, weil er uns verraten hatte.

Hagen weinte, das hatte ich zuvor nie gesehen. Er ballte seine Faust und schlug auf die Motorhaube des Sportwagens.

„Dann leb wohl, du Trottel. Ich weiß nicht, was ich deiner Mutter je erzählen werde."

„Hör auf deinen Onkel und meinen guten Freund. Wage es nicht, mich anzugreifen. Du wirst nicht überleben. Schau diese, die es hier zuvor versuchten", stimmte Walther Hagen zu, und eine leichte Sehnsucht nach den guten Tagen, die wir miteinander mal verbrachten, überkam mich. Sicher, ich hielt zwar nicht viel von Hagen und seiner

Macho-Art, aber wir haben in unserer Vergangenheit immerhin gute Tage erlebt.

„Was kümmert einen Mörder wie dich, ob ich sterbe? Ich will zeigen, was ich kann. Ich werde dafür bezahlt." Der Junge war groß und sicher nicht ganz ungeschickt, wie er sich bewegte, aber sogar ich konnte erahnen, dass er Walther das Wasser niemals reichen konnte. Kaum hatte er seinen Satz beendet, warf er ein Messer, das Walther mit seinem Ledermantel umschlug.

Das Messer machte in der Luft einen Bogen, gewann Geschwindigkeit und flog in meine Richtung.

„Pass auf!", schrie ich, als das Messer fast zwischen meinen Füßen auf den Boden schlug. Ich vergewisserte mich, dass Walther unverletzt war, dann stand ich auf und erhob mich aus meinem Versteck. Ich zeigte zum ersten Mal, dass auch ich keine Angst vor Konfrontationen hatte.

„Schau mal, Gerwig", rief Patafried seinem Freund zu.

Patafried sprang zu den Leichen, die vor uns lagen, holte ein Messer und bereitete sich vor, Walther anzugreifen. Kaum hob er seine Hand zum Angriff, traf ihn eins der japanischen Wurfmesser. Die vier runden Zacken des Messers fanden ihren

Weg in Patafrieds Bauch, und er krümmte sich vor Schmerz. Hagen beobachtete, wie der Knabe zu Boden sank, und sah von jeglichem Rettungsversuch ab. Es war ihm klar, dass Walthers Würfe kein Entkommen zuließen.

„Nein! Patafried", schrie Gerwig entsetzt, der jüngste von Günthers Männern. Ich dachte, etwas in seinen Augen erkannt zu haben, das ich bereits woanders gesehen hatte. Jedoch Männer zeigen so selten, was sie wirklich fühlen, dass ich dies in dem Augenblick nicht deuten konnte.

Gerwig fuhr ebenfalls einen Tourer. Er zog eine kleine Wurfaxt zu sich, die auch Zeichen seiner Familie war. Jedoch wie er mit dieser sein Ziel verfehlte, dachte ich, dass er sie nie zuvor wirklich benutzt hatte. Ich selbst könnte das Ziel besser treffen als er. Aber wer fragte mich? So hüllte ich mich weiter in Schweigen. Es waren nicht mehr viele da, vor denen ich Angst hätte. Gerwig prahlte gerne, dass er einen Grafentitel besaß, aber trotzdem musste er als Schläger bei Günther arbeiten. Daher war sein Titel keinen Hundedreck wert.

Im Fahren war er geschickt und kam sehr nah an Walther. Es gelang ihm, seine Axt doch wieder zu heben. Er versuchte mehrfach vergebens, Walther zu treffen. Walther zeigte bereits

Ermüdungsanzeichen, und ich zählte die Minuten, bis er vollständig erschöpft auf dem Boden seinen letzten Atem aushauchen würde. Doch wieder überraschte er mich mit einem Handstand, gefolgt von einem Jump, vervollkommnet mit einem Tritt an Gerwigs Hand.

Die Axt flog aus dessen Hand, und noch in der Luft ergriffen Walthers Hände die Axt, er setzte diese zum ersten Mal ein. Gerwigs Kopf rollte zu Boden, während sein Körper noch erstaunt zu stehen versuchte. Doch seinen Tod begriff er Sekunden danach.

„Scheiße noch mal", schrie ich, doch keiner schaute zu mir, sie ignorierten mich weiterhin.

„Günther, bitte, lass uns abhauen. Wir müssen bewaffnet sein, und unsere Waffen reichen nicht, um den Kerl zu bezwingen", sagte einer von Günthers noch überlebenden Männern.

„Was denn? Sollen wir wie verprügelte Hunde nach Hause gehen und die ganze Beute diesem Trottel überlassen? Lieber sterbe ich hier im Wasgenwald. Seine Beute macht uns alle zu reichen Männern. Ich zahle auch zehn Prozent meines Anteils an den von euch, der Walther besiegt", protzte Günther.

Ich hatte das Geld gestohlen, und ich hatte verdammt noch mal das Recht auf meinen Anteil. Das schien den Herren weiterhin unklar zu sein, und mein Zorn wuchs. Die anderen Idioten schienen ermuntert worden zu sein und murmelten Unverständliches unter sich. Ich bekam nicht mit, was sie sagten.

„Randolf, deine Brüdern haben mich enttäuscht. Ihr habt geschworen, dass ihr die Besten seid, aber wie ich sehe, ist jetzt nur einer von euch da." Günther wusste mit Worten umzugehen und spornte den glatzköpfigen Jungen an. Er fuhr ein Sport-Bike. Sehr wendig und einen Tick zu laut für meinen Geschmack.

Der erste von Günthers Männern wagte sich gefährlichst nah an Walther heran und traf ihn beinahe mit einem Messer. Hätte Walther nicht seinen Wielandmantel getragen, wäre er nicht davongekommen. Ich hörte, wie die Klinge an einer der Nieten abprallte.

Die Klinge flog hinauf und schnitt zwei Locken von Walthers Haar ab.

Walther erschrak. Seine Ermüdung machte sich bemerkbar, er zog seinen Mantel schützend vor sich und spreizte sein rechtes Bein, vorbereitend auf eine Folgebewegung.

Randolf fuhr entschlossen auf Walther zu, offensichtlich missverstand er die Situation seiner Opfer. Als er sehr nahe war, sprang Walther auf seinen Rücken. Er griff nach der am Boden liegenden Wurfaxt und stieß sich wieder auf die Füße. Darauf folgte ein seitlicher Sprung mit parallelen Beinen. Er traf Randolf hart und warf ihn zu Boden.

„Für die verlorenen Locken hole ich mir deinen Scheitel." Gnadenlos traf er Randolfs Haupt mit der Wurfaxt. Ein gellender Schrei Günthers verabschiedete die Hell Riders bei ihrer Fahrt zur Hölle.

Die drei letzten treuen Vasallen

Ich fühlte mich nicht mehr sicher. Es wurde mir klar, dass Walther keine Chance hätte, nach acht Angriffen noch weitere unverletzt zu überstehen. Ich überlegte, wie die Leichen und deren Motorräder weggebracht werden sollten. Diese kurze Ablenkung nahm mir die Angst, mein eigenes Leben durch die Hände dieser Männer zu verlieren.

Ich habe mir über vieles Gedanken gemacht, aber Günthers Hartnäckigkeit überraschte mich.

Die nächsten drei kamen uns zusammen näher. Sie schienen organisierter und weit gefährlicher als die zwei Gruppen zuvor zu sein.

„Helmnot, wirf das Seil", schrie einer.

„Trogunt, stell dich dort links. Tanast, geh zur anderen Seite", befahl Helmnot.

Helmnot nahm das Ende eines Seils und warf es seinem Kumpel zu. Das andere Ende präparierte er wie ein Lasso. Die Passage von unten zu uns erlaubte kaum, dass zwei Personen nebeneinander gingen, also stellten sie sich strategisch hintereinander.

„Mein Lasso bringt dir deinen Tod", prahlte Helmnot und warf selbiges.

Ermüdet von den Anstrengungen, wurde Walther gefangen. Die zwei anderen zogen am Seil. Günther richtete zum ersten Mal die Füße siegessicher in Walthers Richtung und wollte seinen Männern helfen, am Seil zu ziehen.

Hagen saß auf der Motorhaube und wischte Tränen von seiner Wange. Er enthielt sich des Kampfs.

Der "Vier gegen eins"-Disput entwickelte sich nicht positiv für Günther und seine drei Mannen. Walther bot starken Widerstand, und obwohl seine schwarzen Stiefel tiefe Markierungen hinterließen, brachten seine Gegner ihn nicht zu Boden. Walther bückte sich und entschlüpfte seinem Mantel. Der Mantel schoss mit dem Lasso in die Luft, und die vier Männer landeten auf dem Boden. Walther zögerte nicht und schnitt Helmnots Hals von Ohr zu Ohr auf. Das Blut machte den Griff glitschig, und das Messer rutschte aus seiner Hand. Er ergriff die Klinge wieder und wischte seine Hand an Helmnots Kutte ab.

Trogunt schrie entsetzt und versuchte, schnell aufzustehen, aber seine Füße verwickelten sich im Seil, und er fiel wieder zu Boden. Er schnitt sich ins Bein, als er versuchte zu fliehen. In seiner Verzweiflung holte er einen Stein und warf ihn nach

Walther. Der Stein verletzte Walther kaum, der, von Adrenalin erfüllt, kaum Schmerz verspürte.

Trogunt zog sich mit den Armen zu einem der gefallenen Messer und ergriff dieses, um sich damit zu verteidigen.

„Das kann nicht sein. Es ist nur Glück. Bitte, lass mich am Leben", flehte er. Die Worte kamen fast unverständlich aus ihm heraus, da er seinen ganzen Mut verlor und sich vor Angst einnässte.

„Gnade ist das Letzte, was du hier erfahren wirst." Walther trat das Messer aus seiner Hand.

Als Walther zum letzten Schlag gegen ihn ausholte, wurde er von Tanast überrascht. Er sprang in dem Versuch, seinem Freund das Leben zu retten, zwischen Walther und Helmnot.

Walther ergriff Tanasts Hand und drehte seinen Arm um. Das Brechen der Schulter war so laut hörbar, dass ich schwer schluckte. Anschließend drehte Walther seinen Hals um und ließ ihn leblos zu Boden fallen.

Den gleichen Blick, den ich zuvor beobachtete, sah ich wieder, als Helmnot Tanast fallen sah.

„Töte mich. Ohne Tanast will ich nicht mehr leben," heulte Helmnot.

Stumm nahm Walther das Seil vom Boden, wickelte dieses geschickt um Helmnots Hals und zog beide Seiten des Seils, bis dieser seinen Freund in die ewige Stille begleitete.

„Erzähl in der Höhle, wie du deine Freunde rächen wolltest", verhöhnte ihn Walther.

Helmnot rannte so schnell weg, dass er Günther überholte. Er sprang auf seine Chopper und versuchte, diese dreimal hintereinander zu starten. Als der Motor endlich brummte, blickte er nicht zurück und verschwand.

Günther blickte auf seine Niederlage und wimmerte kurz. Er wischte seine Tränen ab und rief:

„Hagen."

Das treue Herz

„Mich wickelst du in deine Kämpfe nicht ein. Ich bin wie mein Vater. Ich meide Streitereien. Schau mal zu Boden und überlege, wie klug es für dich ist, gegen diesen Kerl zu kämpfen. Ich hatte dich gewarnt."

Kämpe hatte sich in der Zwischenzeit ebenfalls lautlos entfernt.

Ich sah die toten Männer am Fuß des Hügels und zog unser Gepäck in Richtung Auto. Es war etwas schwer, aber ich dachte, es wäre besser zu fliehen als zu sehen, wie Walther vor Erschöpfung zusammenbrach. Es fehlten noch zwei Taschen, und so kam ich zurück.

„Hör bitte auf", flehte ich. Doch keiner schenkte mir seine Aufmerksamkeit. So schlich ich mich mit dem restlichen Gepäck davon.

„Wieso verteidigst du den Mörder unserer Kumpanen anstatt mich? Wäre es dir lieber, auch ich würde hier auf dem Boden liegen?", sagte Günther weinerlich.

Ich hätte ihn lieber verdroschen, aber Walther war am Ende seiner Kraft, und ich war erstaunt, dass er noch nicht in Ohnmacht fiel.

„Du hast das provoziert, Günther. Es geht hier nicht um Verteidigen, aber um Vernunft." Hagen klang erstaunlich erwachsen.

„Wenn es sich herumspricht, dass wir so geschlagen wurden, werden die anderen Motorrad-Clubs uns absolut fertig machen. Sie werden uns plündern. Ich werde nie wieder Respekt bekommen. Hast du daran gedacht?", sagte Günther uneinsichtig.

„Günther, was willst du von mir? Soll ich wie mein Neffe Patafried sterben? Für was denn?" Hagen stieg von der Motorhaube herab und lief in Günthers Richtung.

„Du hast mir deine uneingeschränkte Treue versprochen. Willst du mich jetzt verlassen?" Günther klang absolut überzeugt, dass Hagen ihm das schuldete.

Wir nutzten die Gelegenheit, nahmen unsere Taschen und gingen zu Löwe zurück. Ich startete den Motor, und Walther fiel erschöpft in Schlaf. Ich drehte mein Fenster herunter und hörte, wie sie sich weiter unterhielten.

„Ich werde dich nie verlassen. Auch nicht hier." Die Wärme in Hagens Worten war für mich erstaunlich. So viel Gefühl hätte ich bei ihm nie erwartet. Aber noch weniger erwartete ich, was dann folgte, als Günther ihn küsste.

Liebe oder Macht

In diesem Moment wurde mir vieles klar, und in den Blicken, die ich zuvor rätselhaft fand, erkannte ich nun die tiefe Verbindung zwischen beiden Männern. Ich verstand auch, dass einige nicht unbedingt Liebe verband, aber dieses Gefühl der Verbundenheit, Treue und alles, was man zum Teil von einer Freundschaft erhofft. Aber zwischen Günther und Hagen war Liebe im Spiel.

Ich konnte mir Hagen mit Gefühlen kaum vorstellen, aber das gerade erlebte Gemetzel veränderte auch etwas in mir . Es war weniger die Tatsache, dass Walther elf Morde anlasteten, denn dabei handelte es sich um Selbstverteidigung, sondern vielmehr die Leichtigkeit, mit der er diese verübte. Er war keine romantische Figur, wie ich es mir erträumte und auch nicht ein liebevoller Mann, aber ein Mann, der nicht unter den Umständen litt.

Ich fuhr das Auto den Hügel hinunter und sah Günthers drohende Augen auf mich gerichtet.

Ich parkte am ersten Gasthaus, das ich fand, und holte unser Gepäck aus dem Auto. Als ich Walther ins Bett brachte, bemerkte ich seine Verletzungen.

Mir wurde bei dieser Begegnung klar, dass sich dies in meiner Zukunft wiederholen dürfte. Zwei SMS von Tante Helche waren noch nicht gelesen, und ich musste dies noch erledigen. Es waren sicher wieder leere Drohungen, die ich momentan nicht benötigte.

Ich konnte kein Auge zudrücken und wachte am Fenster, ob wieder Gefahr heraufzog.

Kurz vor der Morgendämmerung schlief ich vielleicht für nur fünfzehn Minuten. Doch diese entscheidenden Minuten brachten mir im Traum, wie ich alle meine Probleme lösen könnte.

Als ich morgens aus meinem Kurzschlaf erwachte, lag Walther weiterhin in seinen Träumen. Ich weckte ihn nicht und duschte kurz. Es war keine lange Zeit, aber meine romantischen Vorstellungen mit Walther waren weg, und ich wollte diese Situation nur beenden und zu meinem ursprünglichen Leben zurückfahren. Aber wie?

Ich kam aus dem Bad, und Walther wachte auf.

„Wie hast du geschlafen?", erkundigte er sich zum ersten Mal während dieser Reise hinsichtlich meines Wohlbefindens.

„Ich bin immer noch schockiert und hoffe, irgendwann aufwachen zu können und festzustellen, dass alles nur ein Albtraum war. Wie geht es dir?", wollte ich höflich wissen.

„Erschöpft. Aber wir müssen von hier verschwinden. Günther wird nicht nachgeben, und seit seiner Kussszene mit Hagen hat er noch einen Grund, uns zu töten." Walther verräumte seine Kleidung und überprüfte die leichte Stirnverletzung, wo die zwei Locken abgeschnitten wurden.

„Wir sollten auch erkennen, dass dies alles hier ein Fehler war", konfrontierte ich Walther mit der Torheit unserer Entscheidung.

„Wieso? Das Geld kommt aus unseren Familien. Wir haben nur unser Geld zurückgeholt", beschwichtigte mich Walther.

„Wirklich, Walther? Oder haben wir nur ein Abenteuer mitgemacht, das Hagen uns zugeschoben hat? Elf Tote!" Ich verstaute meine schmutzige Wäsche in meiner Tasche und bereitete alles vor, um das Gepäck hinunter zum Auto zu tragen.

„Hagen wollte Günther helfen", entschuldigte Walther seinen Freund.

„Bitte halt die Klappe. Ich bin für Schwachsinn nicht aufgelegt. Bringen wir alles zum Auto und verschwinden wir, bevor sie uns wieder finden", setzte ich unserer Konservation einen Endpunkt. Vor allem ein Ende meiner Mädchen-Stellung.

Wir fuhren vielleicht acht Kilometer, und plötzlich überholte uns ein Auto in riskantem Manöver.

„Scheiße noch mal", schrie ich erschrocken. Ich hätte beinahe geschafft, etwas zu schlafen.

Das Auto quietschte laut und drehte sich nach rechts. Walther schaffte es, uns noch sicher zu parken.

„Oh nein! Es ist wieder Günther."

Walther sprang aus dem Auto und ging in Verteidigungsposition. Er wusste, dass eine erneute Begegnung mit Günther gefährlich enden könnte.

Günther stieg selbstsicher aus seinem Auto. Er hielt eine Waffe in der Hand. Als Walther diese erblickte, trat er einen Schritt zurück, um sich eventuell hinter dem Auto zu schützen.

„Mach keinen Blödsinn. Ich brauche dieses Geld. Händige die Beute aus, und ich lasse dich am Leben. Ich habe eine Waffe", drohte Günther.

Hagen stieg aus dem Auto, jetzt in seiner Gängsterbrautrolle. Oh ja, das wird er von mir noch mehrere Jahre hören.

„Günther, ich flehe dich an. Lass das sein." Hagens Worte waren gleichermaßen ernst und besorgt. Aber zum ersten Mal sah ich in seinen Augen etwas, das ich nicht verkennen konnte, das Gefühl des Verlusts.

In dieser Situation verlor ich meinen Traum, und Walther wurde für mich von einem Helden, den ich anhimmelte, zu einem Mann, den ich nicht mehr kannte. Hagen jedoch wurde in diesem Moment von einem dämlichen Trottel, der seine Interessen mit Manipulationen durchzusetzen versuchte, zu einer Person mit Träumen und etwas, was ich schmerzlich verloren hatte, und zwar die Liebe.

Ich ignorierte seine Gefühle, wie er mich als erwachsene Frau ignorierte, das wurde mir klar.

„Wenn er überall von uns erzählt, sind wir für immer verloren. Oder denkst du, dass ich als dein Partner in dieser Gesellschaft überleben werde?" Günthers Verzweiflung war für mich neu, aber verständlich. Onkel Etzel würde ihn höchstpersönlich töten, wenn er davon erfahren würde. Unsere Familien sind weder tolerant noch offen für andere Orientierungen.

„Ich pfeife auf dieses Geld und auf Onkel Etzels Erbe oder das deines Vaters. Ich bin nur zu dir zurückgekommen, weil du mir versprochen hast, dass wir endlich zusammenleben würden. Ist dies das Leben, das du dir vorgestellt hast?" Hagen gewann in diesem Moment meinen Respekt. Ich wäre für keinen Mann der Welt so weit gegangen, und ich erkannte, wie wichtig der Luxus von Etzels und Helches Haus für mich war.

Günther zitterte und fuchtelte mit seiner Waffe in Walthers Richtung. In der Zwischenzeit machte Walther Löwes Heckklappe auf und holte sich die Wurfaxt, die ich am Vortag mitgenommen hatte.

„Bitte, lass das im Auto, Walther. Er wird dir nichts antun. Glaub mir, ich bin Hagen, dein Freund." Hagen war den Tränen nahe, und zum ersten Mal in meinem Leben fühlte ich wirklich mit ihm.

„Nach zwölf Attacken? Wie oft muss ich diese Prüfung unserer Freundschaft durchstehen? Wieso hast du ihn nicht gestern zur Vernunft gebracht?" Ich bemerkte, dass Walther sich noch nicht vom Tag zuvor erholt hatte.

Hagen bewegte sich langsam in Richtung Günther.

„Gib mir diese scheiß Waffe, oder ich schwöre dir, ein Uns wird es nicht geben. Walther ist für mich wie ein Bruder. Wir sind zusammen aufgewachsen. Ihn zu bestehlen, wird unsere Not nicht lindern." Walther hörte die Worte genauer als ich.

„Welche Not?", fragte er.

„Gibbich hat vor seinem Tod Zahlungen an Etzel mit geliehenem Geld vorgenommen. Wenn wir das nicht mit Zinsen zurückzahlen, verliert Günther sein Haus, und wir müssen auf der Straße leben. Als ich euch dazu bewegte, Etzels Geld mitzubringen, dachte ich, dass ich mit einem Teil des Geldes für unsere Zukunft gesorgt hätte. Jedoch erfuhr ich zu spät, in welcher Lage sich Günther wirklich befindet. Ich entschuldige mich für das, was ich euch angetan habe. Aber bitte versteht meine Situation. Ich will nur mit Günther leben. Und wir haben nur das Haus. Alles andere ist bloß ein Traum. Wir könnten auch nicht die Männer bezahlen, die uns gestern begleiteten", erklärte Hagen.

Günther weinte und wimmerte in seiner Verzweiflung. Seine zitternden Hände holten die Pistole hervor, und er zwang sich, in Walthers Richtung zu zielen.

Walther zog vorsichtig seinen Mantel an und ergriff mit langsamen Bewegungen die Wurfaxt von Löwes Dach.

„Jungs, bitte. Wir müssen vernünftig mit-ei-nander reden." Ich sprach zum ersten Mal.

„Hilf mir, Hildegunde. Hilf mir", sagte Hagen.

Es geschah in Sekundenschnelle. Walther warf die Axt, und Hagen hielt seine Hand vor Gün-ther, der gleichzeitig schoss. Mein Herz schlug wie verrückt, und ich stieß einen Schrei aus.

Günthers Schuss verletzte Walther im Auge und er blutete stark. Hagens rechte Hand wurde schwer von der Axt getroffen, bevor Günthers Bein fast amputiert wurde.

Alle drei Männer bluteten.

Mit blutender Hand warf sich Hagen auf Walther und heulte.

„Bitte verzeih mir." Er ging auf die Knie und versuchte, seine Blutung mit der linken Hand auf-zuhalten.

Günther ließ die Waffe fallen, heulte eben-falls und umarmte Hagen.

Mir blieb nichts anderes übrig, als alle mit Bandagen zu verarzten. Da beging Walther seinen letzten und schlimmsten Fehler.

„Mädel, hol etwas Wein aus dem Auto und servier Hagen und Günther. Wir sollten unsere Freundschaft aufs Neue feiern und unsere Differenzen beiseitelassen. Ich kann euch Teile der Beute überlassen, aber nicht alles. Auch ich und Hildegunde müssen unseren Anteil haben", sprach Walther zum letzten Mal in diesem Ton über mich. Ich sah die drei Bandagierten an und sprang wie eine Furie in Walthers Richtung. Ich ohrfeigte ihn so heftig, dass die Vögel auf den Bäumen erschraken.

„Hey, was soll das?", murmelte Walther.

„Deinen Wein aus dem Pappkarton kannst du selbst servieren. Und für mich ein doppeltes Glas, kapiert? Wehe, wenn einer von euch mich je wieder als ‚Mädchen' oder selbstverständlich behandelt oder mir Befehle erteilt, denkt an meine Worte: Ihr werdet wünschen, gestern auf dem Parkplatz gestorben zu sein. Verstanden?" Meine Stimme stieg ins Schrille.

„Ja, Madame", antworteten sie im Chor.

„Ich werde unsere Probleme lösen, und keiner widerspricht mich." Ich blickte jeden scharf an, und nicht mal Walther versuchte, mir zu widersprechen.

Märchen für Erwachsene

Wir fuhren alle zu Günthers Haus. Ich benötigte etwas Zeit, um das Ganze nach meiner Vorstellung einzuordnen, aber vorbereitet für die Lösung unser aller Probleme, holte ich tief Luft, machte die Tür auf und lächelte breit.

„Tante Helche", begrüßte ich sie, und wir küssten uns. Onkel Etzel schlurfte mürrisch hinter sie.

„Was ist mit ihm?", fragte ich Tante Helche und küsste Onkel Etzel, der versuchte, sich meinem Kuss zu entziehen.

Ich leitete sie vor zum Wohnzimmer, wo alle drei Verletzten saßen. Hagen stand auf und eilte in Onkel Etzels Richtung.

„Onkel, verzeih." Ich unterbrach ihn.

„Setz dich. Wir sind eine Familie, und solche Szenen brauchen wir nicht", befahl ich. Als ihm die Tränen in die Augen stiegen, wurde mein Blick umso strenger. Er setzte sich und blickte zum hinteren Garten.

„Hildegunde, mein Schatz. Ich danke für deiner SMSs, aber ich kann diese Geräte nicht bedienen, das weißt du. Ich habe fast zwei Wochen gebraucht, diese Meldungen zu finden und sie ordentlich zu lesen. Du hast aber ein skurriles Abenteuer hinter dir", leitete Tante Helche ein, während sie sich setzte.

„Es ist kaum zu glauben, aber hör meine Geschichte an. Walther!", gab ich ihm das Zeichen.

Wie vereinbart, servierte er Tee für die Gäste, und Günther schnitt den Kuchen.

„Wir bekamen einen Anruf, mitten in der Nacht, als wir unsere Party hatten. Dabei erzählte uns Hagen, dass euer Geld gestohlen worden wäre, und auf der Suche nach dem Täter sei er aus dem Haus geflohen. Er vermutete, man würde ihn verdächtigen." Ich versuchte, die Worte langsam und koordiniert zu artikulieren sowie Onkel Etzel nicht zu verärgern.

„Etzel, lass das Schmollen und hör zu", wies ihn Tante Helche zurecht.

„Ich öffnete den Safe und stellte fest, dass er Recht hatte. Er meinte, dass Günther wisse, wer diese Männer seien, und bat um unsere dringende Hilfe. Wir wollten euch nicht in Panik versetzen. Wir waren überzeugt, uns um dieses Problem allein kümmern zu können", log ich.

„Wir wollten beweisen, dass wir dir würdig sind", warf Günther ein.

„Schatz, ich bin noch nicht fertig", widersprach ich.

Ohne ein Wort zu sagen, senkte Günther den Kopf und rutschte auf dem Sofa herum. Tante Helche schaute stutzig, sah aber zufrieden aus.

„Wie ging es weiter?", fragte Tante Helche.

„Wir spürten die Gauner auf und konnten sie in eine Falle locken sowie einen Teil des Geldes zurückholen." Onkel Etzel wurde zum ersten Mal aufmerksam.

„Wie viel?", fragte er.

„Was bist du für ein Mensch, Etzel der Hunne." Wenn Tante Helche den ganzen Namen oder Titel benutzte, waren Onkel Etzels Zukunftsaussichten meistens düster.

„Wie viel, Schatz?", fragte sie.

Onkel Etzel betrachtete die drei Jungs an meiner Seite, öffnete seine Hände und zeigte Überraschung. Hagen und Walther zuckten mit den Schultern, und Günther gab ihnen ein Zeichen, das Ende der Geschichte abzuwarten.

„Was ist aus den Gaunern geworden?", fragte Onkel Etzel.

„Lass das bitte, Etzel. Trink deinen Tee. Erzähl weiter." Tante Helche übernahm die Kontrolle.

„Es gab einen heldenhaften Kampf, für den sich die drei in eurem Interesse vereinten. Sie trugen Verletzungen davon, aber ich habe sie verarztet. Und wegen ihrer Verletzungen musste ich allein elf Gräber ausheben", beendete ich mein Märchen und gab Hagen ein Zeichen.

Er stand auf und legte mit seiner unverletzten Hand die Tasche mit dem Geld vor Onkel Etzel.

„Es ist mehr als die Hälfte da", erklärte Hagen und verbeugte sich.

„Schatz, wie konntest du das bestehen? Du wurdest auf sowas nie vorbereitet. Ich hoffe, du trägst kein Trauma davon. Etzel, sag doch etwas", befahl Tante Helche.

„Jungs, vielen Dank." Onkel Etzel machte die Tasche auf und schnüffelte an dem Geld. Tante Helche gab ihm einen Seitenhieb. „Fabelhaft, Hildegunde. Du hast mich wirklich überrascht", lobte mich Onkel Etzel.

„Du bist mein Stolz und meine Heldin, Hildegunde", beendete Tante Helche das Thema.

Die Beziehung zwischen Hagen und Günther sprachen wir nicht an. Walther und ich kehrten mit Tante Helche und Onkel Etzel nach Hause, nach Ungarn zurück.

Wir sprachen nur wenig über diese Abenteuer und lebten viele Jahre in Frieden. Walther heiratete die ältere Nichte von Tante Helche, und Günther bat Onkel Etzel persönlich, sein Trauzeuge bei der Hochzeit mit Hagen zu werden.

So endet meine Sage, aber jetzt wisst ihr, warum ich die Heldin bin.

Weitere Veröffentlichungen des Autors

Deutsche Romane

Altreia, Drama, 1998

Geheimnis der verdorrten Rosen, Mystery, 2009 – Reimo Verlag *

Virtuelle Liebe, Kurzroman, Thriller, 2016 *

Paloma, Kurzroman, Thriller, 2016 *

Die Muse, Kurzroman, Erzählung, 2016 *

Post-mortem Kino, Roman, Drama, 2016 *

Die Heilerin, Roman, Thriller, 2017 *

Geheimnis der verdorrten Rosen, Mystery, 2017 (neue Version) *

Der Zauberspiegel des Eros, Roman, Thriller, 2017 *

Das Tal, Roman, Thriller, 2017 *

Jahreszeiten der Sünde, Roman, Thriller, 2018 *

Sein letztes Opfer, Roman, 2020 *

Wieland, der Schmied, Volksheldensage, 2020 *

Englische Romane

Virtual Affairs, 2018 *

Paloma, 2019 *

Earl Rasnov's Bloody Soiree, 2019 *

Deutsche Hörspiele und Comics

Roberta, 2020

Die Muse, 2019

Paloma, 2018

Virtuelle Liebe, 2017

Kunstkataloge

Geliebter Vater, 1995 *

The new Artist, 1996 und 1997

Liebe in Stücken, 2009 *

Kunstkatalog, 2010

Liebe in Stücken, Edition II, 2016 *

Kunstkatalog, 2017 *

Kunstkatalog, 2018 *

Kunstkatalog, 2019 *

(*) Gelistet in der Deutschen Nationalbibliothek